DIS-MOI MURPHY

Marjorie COLLET-MAILLARD

AF143235

« *Un jour je me sens en forme mais le lendemain c'est la déprime... Les hauts et les bas se succèdent... J'ai l'impression d'être accroché à l'élastique de la vie.* »

Charles Monroe Schulz

« *Snoopy, prend de la hauteur* »

Avant propos

Vous qui me connaissez, vous qui suivez les tribulations de Murphy sur sa page Facebook, savez. Vous savez mes joies et mes peines, vous savez l'amour que je reçois et que je donne, vous savez ma folie, mes colères, mes rêves les plus fous. Pour ceux qui auraient envie de faire un tour, de lever un peu un coin du voile de ma vie avec Murphy, vous êtes au bon endroit.

Donc, vous qui me connaissez et vous qui souhaitez me connaître allez découvrir une chose extraordinaire : la retranscription de discussions entre Murphy et moi. Vous trouverez également deux ou trois histoires contées dont je suis la narratrice dans lesquelles Murphy est juste... « un chien comme les autres » !

Les conversations qui vont suivre sont certes, imaginaires, mon chien n'a pas le don de la parole. Enfin, pas de la manière où vous l'entendez. Mais si il l'avait, je suppose qu'il aurait beaucoup plus de maturité que ce que je veux bien lui prêter. C'est vrai, tout n'est que supposition mais que savons-nous exactement du mode de pensée de notre chien ? Il ne s'agit pas ici, d'essayer de répondre à cette question. Non, il ne s'agit pas du tout de ça. Il s'agit, comme me le recommandait un ami, de prendre Murphy comme guide spirituel et peut-être essayer de se reconnecter au vrai sens de la vie. Donc... Murphy en guide spirituel... Tout un programme ! Me voici donc partie dans les pattes de Murphy, me voici donc avec le regard que porte mon chien sur la vie :

Mon chien ne juge pas, peu importe l'apparence ou la couleur !

Mon chien aime avec un grand A, l'amour qu'il donne passe avant tout le reste, lui y compris.

Mon chien n'envie rien ni personne.

Mon chien accepte que je fasse des erreurs et ne m'en tient pas rigueur.

Mon chien ne demande rien, il prend avec un immense plaisir que ce que je peux lui apporter.

Mon chien ne connaît pas le mensonge, l'hypocrisie et la vengeance, cela n'existe pas dans son monde.

Alors Humains, et si nous en prenions un peu de la graine ? Si nous prenions, même un court instant, le temps pour imaginer la vie à travers le regard, le cœur et les tripes de son chien ?

Bon, il est temps de faire les présentations :

Moi : Marjorie, la maîtresse de Murphy et il m'appelle « Môman » tout au long des conversations. Alors, je sais pertinemment que je ne suis pas la mère biologique de Murphy et je crois qu'il en a pleinement conscience également mais je l'éduque, le nourris, prends soin de lui, je lui donne de l'amour et je l'accompagnerai quoi qu'il lui arrive. N'y aurait-il pas là-dedans un peu de la définition d'un parent?

Lui : Murphy, c'est un Beagle, ou un Beaglou pour les initiés.

Voyons un peu sa fiche signalétique :

Murphy

Nom : Le Beagle

Prénom : Murphy

Espèce : *Canis lupus familiaris* Mammifère de la famille des Canidés (*Canidae*). C'est un chien donc.

Race : Beagle…Mais il me semble que cela est évident.

Surnoms : Titi, Doudou, Murphynou…et des fois « maistespaspossible » mais aussi son préféré « vienschercherunbiscrok »

Age : 5 ans

Sexe : Heu, c'est un garçon

Taille : 40 cm au garrot

Poids : 18 Kg

Couleur des Yeux : Noisette

Truffe : Noire

Oreilles : Parfaites

Robe : Ne soyons pas sexistes, les garçons aussi peuvent porter des robes, la sienne est tricolore.

Addiction : Les Biscroks [1] !

Signe particulier : A de grandes discussions avec Môman

Expression favorite : « Gueufreugueufreu » [2].

---

1. Un Biscrok est un petit biscuit (pour chien) en forme d'os
2. La traduction est délicate, il peut s'agir d'un bruit de gorge, d'un signe de mécontentement, de joie, de rire, d'étonnement, d'acquiescement. Bref, parfois il le dit aussi parce qu'il a la flemme de dire autre chose.

CHAPITRE 1

Normal ou pas ?

- Dis Môman, je peux te poser une question ?

- Bien sûr Murphy.

- Est-ce que quelqu'un qui parle à son chien est anormal ?

- Non, pas du tout. Parler à son chien n'est pas anormal.

- Alors pourquoi certaines personnes lèvent les yeux au ciel quand tu racontes que toi et moi avons de grandes conversations ?

- Parce que donner la parole à son chien n'est pas un bon signe de santé mentale pour une grande partie de la population.

- Mais qu'est-ce qu'il y a de mal à donner la parole à son chien ? Qu'est-ce qu'il y a de mal à vouloir l'écouter ?

- Rien, il n'y a aucun mal mais je crois que les gens ont peur de ce qu'ils pourraient entendre si tes copains et toi aviez le don de la parole. Imagine, que diriez vous aux personnes qui vous abandonnent, vous maltraitent ?

- On pourrait dire : « Qu'est-ce que j'ai fait de mal pour que tu souilles et piétines l'amour que je te donne ? Pourquoi t'aimer plus que moi même n'est jamais suffisant à tes yeux ? »

- Tu vois, je crois que l'Homme est sourd à vos cris, je crois que votre douleur lui semble légère parce qu'il est convaincu que la sienne n'y est pas mêlée. Ne pas croire que vous pouvez souffrir et avoir des sentiments lui donne bonne conscience.

- Dis-moi, pourquoi n'avons-nous pas le don de parole ?

- Je ne sais pas mon Doudou, je ne sais pas et ça me fait penser à

13

un poème d'Alfred de Vigny, à un moment il dit :

> *« Hélas ! ai-je pensé, malgré ce grand nom d'Hommes,*
>
> *Que j'ai honte de nous, débiles que nous sommes !*
>
> *Comment on doit quitter la vie et tous ses maux,*
>
> *C'est vous qui le savez, sublimes animaux !*
>
> *A voir ce que l'on fut sur terre et ce qu'on laisse*
>
> *Seul le silence est grand ; tout le reste est faiblesse. »*

Peut-être que votre silence en dit beaucoup plus que tous les mots de la terre ! Un jour, j'espère, l'Homme comprendra…

- Mais c'est pas demain n'est-ce pas Môman ? En attendant faut nous faire parler avec vos mots !

- Je sais mon Doudou, je sais.

CHAPITRE 2

Beagle avant tout et fier de l'être !

- Murphy, rentre !

- Pour quoi faire ?

- Tu dois rentrer, c'est tout !

- D'accord mais pour quoi faire ?

- MURPHY ! RENTRE !

- Pas la peine de crier, je ne suis pas sourd.

- ...Bon tu viens ?

- Pour quoi faire ?

- Tu veux mon emploi du temps ? Si je te demande de rentrer, c'est parce qu'il y a une raison !

- Hummmm...D'accord mais pour quoi faire ?

- Murphy, arrête...Je te connais, tu vas me faire tourner en bourrique jusqu'à ce que je dise le mot magique.

- Quel mot magique ?

- Alors là, pas question que je te le dise !

- Comment tu vas savoir que c'est le mot magique alors ?

- Bon, tu rentres ?

- Pour quoi faire ?

- Et puis zut ...Viens chercher un Biscrok.

- J'arrrriiiiive !!!!!

CHAPITRE 3

Ah… l'amour !

- Dis-moi Môman, c'est quoi l'amour ?

- Ouh là, vaste sujet, très très vaste même. Y'a quelque chose de particulier que tu voudrais savoir ?

- Ça fait quoi d'être amoureux ?

- Attends... Tu permets que je réfléchisse un instant ?

- Pourquoi, tu sais pas ?

- Heu, si je sais, je cherche une façon de t'expliquer. Alors ça fait quoi d'être amoureux ?... Quand tu es amoureux, cet être est dans toutes tes pensées. Tu penses à lui le matin au réveil, le soir quand tu te couches et la journée, tu ne penses qu'à une chose, être avec cet être. Et quand tu te retrouves à ses côtés, tu te sens comme... Tu vois, c'est comme quand tu as très soif et qu'après un long moment, on t'apporte un peu d'eau : tu te sens revivre. Par contre, si cet amour n'est pas réciproque, cela peut devenir extrêmement douloureux et dévastateur.

- Tu meurs de soif ?

- Oui, ça arrive. Parfois, cela peut te faire faire aussi des grosses bêtises.

- Des grimaces, des pirouettes ?

- Comme celles que tu fais en ce moment, tu veux dire ? Eh oui, j'imagine bien que l'amour te fasse faire des grimaces et des pirouettes.

- Je le savais ! Je le savais que j'étais amoureux !

- Oh!!! Mon Doudou, je suis touchée, sincèrement. Tu es amoureux de moi?

- Hein? Ah non pas du tout... Je crois que je suis amoureux de mes Biscroks... J'y pense le matin, le midi, le soir, la journée et même la nuit, j'en rêve. Mais t'as raison, c'est douloureux quand c'est pas réciproque. Gueufreugueufreu!

Chapitre 4

Les moules-frites, une prochaine fois peut-être

« C'est dans la journée du 24 août que des faits étranges ont eu lieu sur une plage de la côte d'Opale.

M. X se promenait sur cette vaste étendue de sable offerte par une marée alors basse. Il profitait d'une légère brise iodée quand, s'approchant plus près d'une « forêt » de bouchots, il remarqua un étrange phénomène : En lieu et place de ce qui aurait dû être un pullulement de coquillages, se trouvait un vide sidéral, des centaines, voire des milliers de coquillages avaient pris la poudre d'escampette.

La raison de cette disparition reste mystérieuse. Toutefois une photo nous est parvenue anonymement.

Ce canidé aux longues oreilles serait-il la cause du départ précipité de ces centaines de bébés coquillages ?

Si vous avez des informations, contactez-nous. »

- Tu t'amuses bien Môman ? T'aurais pu au moins flouter mon visage parce que là, tout le monde m'a reconnu !

- C'est pour rire mon Doudou, mais sur la photo tu fais vraiment une tête de coupable !

- Je voudrais bien t'y voir... Quelle tête tu ferais si on prenait une photo de toi en train de faire pipi ?

- Certes... Mais moi je ne fais pas pipi sur les coquillages !

- Gueufreugueufreu !

Chapitre 5

Béééééééé ? ? ? ?

- Alors Murphy, les vacances, c'était bien ?

- Super, j'adore aller à la mer, on fait toujours des grandes balades.

- Et on rencontre plein de toutous.

- Mouais …

- Tu n'aimes pas rencontrer des copains ?

- Si si, même si en général je préfère rencontrer des copines sauf que là…

- Je vois de quoi tu parles.

- Pourquoi la toutou voulait me « niaquer » le gigot ? Pourtant, quand elle a déboulé sur moi, je suis resté cool et tout et tout.

- Je sais.

- Alors pourquoi elle voulait me grignoter le cuissot ?

- Ben, comme c'était un chien de berger, je suppose qu'elle t'a confondu avec un mouton...

- Parce que tu trouves que je ressemble à un mouton ? Même de loin, la ressemblance n'est absolument pas flagrante.

- Eh, ce n'est qu'une supposition.

- En tout cas, la prochaine fois qu'une fille voudra me goûter le jambonneau, je lui montrerai les bouts pointus de mon anatomie !

- Fais pas ton « grogneugneu », elle n'était pas si féroce. Et si ça se trouve en voulant te pincer les fesses, elle te faisait du gringue !

- Oui ben, je ne suis pas spécialiste mais si c'est le cas, va falloir qu'elle change son mode opératoire ! GUEUFREUGUEUFREU !

CHAPITRE 6

Trouver chaussure à son pied !

- Murphy ? Tu n'as pas vu la chaussure de Pôpa ?

- …on…as vu a auhure …

- Heu Murphy, qu'est ce que tu as dans la gueule alors ?

- Un aeau..

- Un cadeau ? Comment ça ?

- ôa a déoé our oi !

- Non il ne l'a pas déposé pour toi !

- i ! ! ! ! a pas anhé.

- Pose-moi cette chaussure, on ne comprend pas ce que tu dis !

- … an ! u as la erende.

- Ben oui c'est l'idée, te la reprendre, je n'ai pas envie de courir. Et tu as raison, Pôpa n'a pas rangé ses chaussures !

- U ois…un aeau !

- Non Murphy ce n'est pas un cadeau. Bon si on faisait du troc ?

- Onre oi ?

- La chaussure contre quoi ?

- Est a …

- Contre un Biscrok ?

- Bon Môman il est où le Biscrok ?

CHAPITRE 7

Il est où le petit chat ?

- Dis-moi Murphy, quelle est donc la raison de cet accoutrement ?

- Heu...C'est-à-dire ?

- Pourquoi tu portes des lunettes sur la tête ?

- Ah ça, c'est parce que je veux avoir l'air un peu intellectuel, je voudrais parler de la physique quantique.

- Ouh là, ça promet. Un exemple ou un thème en particulier ?

- Tout à fait, je voudrais parler du cas Erwin Schrödinger.

- Ah, le mec au petit chat.

- Tu connais ?

- Je connais surtout l'histoire du chat dans la boite, de la fiole de poison qui se casse ou pas et du fait que si tu n'ouvres pas la boite, tu ne sais pas si le chat est mort ou vivant.

- Mouais... Tu viens de spoiler toute mon histoire que j'aurais intitulée « Il est où le petit chat », c'est nul.

- Oups, désolée. Mais bon tout ce que je sais, c'est que cette expérience est hypothétique. Aucun minou n'a été empoisonné. Je crois qu' Erwin voulait juste expliquer, à son auditoire, la superposition quantique de deux états, à la fois mort et vivant.

- Pfff ! Merci Môman, tu viens de briser la chute de ma fabuleuse histoire !

- Re Oups, encore désolée. Tu m'en veux ?

- Ben non, tu racontes mieux que moi de toute façon. Au fait, t'es certaine, cette histoire est hypothétique ? Erwin n'est pas un bourreau de petits chats ?

- Pas que je sache mais je ne l'ai pas connu personnellement tu sais.

- Gueufreugueufreu !

CHAPITRE 8

Murphystradamus !

- Oui Murphy ?

- ....

- Tu veux quelque chose ?

- ....

- Dis-moi !

- ....

- C'est l'heure du Biscrok, peut-être ?

- Bingo ! Youpi ! Ça fonctionne !

- Qu'est-ce qui fonctionne ?

- J'ai un pouvoir d'hypnose, je peux projeter mes pensées dans les tiennes ! Tu te rends compte ? Appelez-moi Murphystradamus !

- Mouais, si ça peut te faire plaisir. D'un autre coté, à quoi d'autre pourrais-tu penser ?

- A plein de choses tant que ça se mange, que ça croque sous la dent et que ça a une forme de petit os ! N'empêche que tu as lu dans mes pensées !

- Certes, mais c'est aussi parce que j'ai un cœur d'artichaut et quand tu me regardes comme ça je craque et je te donne ta friandise préférée.

- Hmmhmm... Ça me donne une idée.

« Humains, regardez-moi dans les yeux... Que ceux qui ont des légumes dans les entrailles se concentrent...Envoyez-moi des Biscroks, envoyez-moi

des Biscroks, envoyez-moi des Biscroks, envoyez-moi des Biscroks, envoyez-moi des Biscroks... »

CHAPITRE 9

Psychisme

- Murphy ? Va falloir que tu m'expliques certaines choses.

- Lesquelles ?

- Je voudrais comprendre certains aspects de ton psychisme.

- Heu ...C'est-à-dire ?

- Tu sais, ton mental, ton conscient, ton inconscient ...

- Heu ... C'est-à-dire ?

- Pourquoi parfois tu aboies sur certaines voitures, certains camions ou tracteurs, sur un certain monsieur qui porte une casquette et parfois, tu n'aboies pas sur ces mêmes choses ?

- Heu ... Je suis un beaglou.

- Certes, mais peut-être devrais-je revoir les bases de la psychologie canine, j'ai dû louper un chapitre ou c'est le concept lui-même qui s'est retrouvé altéré du fait de la particularité de notre relation.

- Heu ...Bon Môman, tu peux utiliser des mots que je comprends.

- D'accord, alors, tu peux régler le petit vélo qui tourne en rond dans ta petite caboche ? Faut faire un choix, ou tu aboies ou tu n'aboies pas, mais ne jamais savoir ta réaction, chaque jour est une aventure !

- C'est cool, non ?

- Ben pas vraiment, surtout quand tu veux sauter sur un camion et que tu veux te précipiter au milieu de la route !

- De toute façon je n'y arrive jamais !

- Ça vient peut-être du fait qu'au bout de la longe, il y a mon bras !

- Heu ... C'est-à-dire ?

- Bon, on va faire une pause mon Titi, non ?

- ????? Pfffff ...Gueufreugueufreu !

CHAPITRE 10

Histoire sans besoin de paroles

Nous étions au bord de la mer, le temps était gris et doux. Installés sur un banc, nous laissions nos poumons se remplir d'air iodé. Arrive alors un vieux couple, ils se tenaient le bras, comme pour ne pas tomber, comme pour accrocher la vie de l'autre ou pour ne pas la perdre.

Ce vieux couple était accompagné de leur compagnon à quatre pattes, un vieux chien aux poils blanchis par le temps et sa démarche calquait celle de ses maîtres, lente et hésitante.

Ils s'assoient sur le banc voisin et sans un mot, regardent la mer rouler en petites vagues écrasant l'écume sur le sable, et laissent la douce brise caresser leurs visages dessinés par le temps.

Le chien assis à leurs pieds se lève et tente de monter sur le banc. Ses articulations trop usées et douloureuses, ses muscles devenus trop faibles l'en empêchent. Le vieux monsieur se lève alors et, avec difficulté, hisse son chien sur le banc. Le toutou s'assoit alors entre son maître et sa maîtresse et les regarde tour à tour. Et là, dans une parfaite harmonie, une parfaite symbiose, le vieux couple enlace son fidèle compagnon.

Ils étaient trois assis sur le banc mais ne formaient plus qu'un, l'amour les avait soudés. C'était beau, émouvant et incontestablement magnifique.

Alors quand mes phalanges me démangent, quand mes doigts me supplient d'aller sur le clavier pour laisser exprimer la colère ressentie face à la bêtise de l'Homme, à son désir de supériorité, à son non-respect de la vie, à son hypocrisie… Je respire un grand coup, je ferme les yeux, je me dis que la haine engendre la haine et que la colère appelle la colère. Et puis, je regarde Murphy couché à mes pieds et je retourne sur ce banc pour me gaver d'amour.

CHAPITRE 11

Besoin d'un traducteur ?

- Alors Murphy, on dirait que tu as eu un week-end chargé ?

- Gueufreugueufreu.

- Non ? Ben on dirait.

- Gueufreugueufreu.

- Je t'embête ? Tu ne veux pas que je fasse une photo ?

- Gueufreugueufreu.

- Pourtant t'es trop « choupinou » avec le petit bout de langue qui dépasse.

- Gueufreugueufreu ?

- Évidemment que les filles adorent les « choupinous » .

- Gueufreugueufreu...

- Murphy, tu sais, je parle le Murphy couramment mais ce n'est pas le cas de tout le monde, tu devrais articuler.

- Gueufreugueufreu ?

- Non Google traduction ne fonctionne pas avec les beaglous.

- Pffff...Gueufreugueufreu...!!!

- Oui bon d'accord, je vais faire une demande.

- Gueufreugueufreu...

- S'il te plaît, tu ne pourrais pas faire un effort ?

- Zzz ...Gueufreugueufreu...Zzz

- Mouais, je crois que tout le monde a compris là.

CHAPITRE 12

Presque le Père Noël

- Murphy, faut que tu m'expliques ...

- Alors Môman, tu vas rire mais ...

- Rire ? T'es certain ?

- Si je t'assure, c'était drôle. Alors, j'étais sur mon mirador et j'ai vu au loin le Père Noël. J'ai voulu lui faire signe, je voulais qu'il me voie, j'avais quand même des choses à lui dire et je ne sais pas ce qu'il s'est passé, j'ai dû m'emmêler les pinceaux ... Bref, le store est tombé.

- Et les morceaux à terre ?

- Tu me connais, j'ai voulu les remettre.

- Mouais, c'est presque crédible...

- Presque ?

- De une, il est tôt dans le mois pour le Père Noël et de deux, j'ai un témoin, la voisine t'a vu t'énerver contre le store.

- C'était la voisine ? Je te jure, de loin je croyais que c'était le père Noël !

- Au moins, je sais quoi commander pour toi au Père Noël.

- Un store ? C'est ça ?

- Bingo !

- Gueufreugueufreu !

CHAPITRE 13

Celui qui a eu des saucisses

Je vous présente le BARBEC 3000 XYZ. Il délivre avec une précision extraordinaire des mets grillés directement dans votre gosier. Pour obtenir un résultat parfait, je vous joins une recette :

- Prenez un jour de grand soleil.

- Ajoutez une petite réunion de famille.

- Attisez légèrement les braises.

- Prenez de belles saucisses commandées chez le boucher du coin.

- Posez les fameuses saucisses sur la grille prévue à cet effet.

- Attendez

- Apportez une Môman maladroite

- Oups, j'oubliais : avant tout creusez préalablement un trou, voire plusieurs, sur le chemin entre les pieds de Môman et la table des convives.

- Laissez mijoter le tout

- Et ... Dégustez !

- Murphy, juste une question, Tu n'as rien oublié dans ta recette ?

- Ben non, je ne vois pas.

- L'expression de mon visage quand j'ai compris dans quoi j'avais posé le pied ?

- Nan, nan Môman je l'ai précisé qu'il fallait creuser des trous !

- L'expression de mon visage ?

- Pas vu, je dégustais des fabuleuses saucisses !

CHAPITRE 14

Parler pour ne rien dire

- Môman, faut qu'on discute !

- Euh…Tu me fais peur là.

- Je comprends pas, ma tête te fait peur ?

- T'es bête, je n'ai pas peur de toi, c'est une façon de parler, je me demande ce que tu vas me dire.

- Ah ? Alors, je voulais te demander si je peux l'annoncer.

- Annoncer quoi ?

- Tu sais, le truc …

- Quel truc ?

- M'enfin Môman, la chose que tu as dit que j'annoncerai.

- Ah ça ? Bientôt mon Titi, bientôt. Quelques jours au plus tôt, quelques semaines au plus tard.

- Mouais, donc pas aujourd'hui ?

- Désolée mais le gâteau n'est pas tout à fait cuit, il manque encore un peu de cuisson.

- Un gâteau ? Où ça un gâteau ?

- Encore une fois, c'est une façon de parler, ce gâteau-là ne se mange pas.

- C'est quoi l'intérêt d'un gâteau qui ne se mange pas ?

- C'est pas faux, mais promis mon Titi tu auras l'exclusivité de l'annonce.

- D'accord, mais je me demande si les gens ne vont pas nous prendre pour des fous, c'est bête d'annoncer qu'on ne peut pas annoncer.

- Perspicace mon Titi. Ne t'inquiète pas, ils sauront bientôt et j'espère qu'ils seront contents mais je te ferais remarquer que c'est toi qui as commencé.

- Commencé quoi ?

- Ben, de parler de la chose, du truc.

- Gueufreugueufreu , je crois que ma tête a le tournis !

Chapitre 15

Quand on n'a rien à faire

- Murphy ...

- Môman ...

- Murphy ?

- Môman ?

- Ça va ?

- Oui et toi ça va ?

- Heu ...Tu n'as rien à dire aujourd'hui ?

- Non et toi ?

- Ben non ...

- ?

- Mon titi, va falloir qu'on se motive un peu... Pas de bêtises en vue ?

- Non, non ... Cool aujourd'hui ...

- Zut...T'es certain , rien à raconter ?

- Ben non...

- Tu peux pas inventer un truc, juste pour aujourd'hui ?

- Bon... Je fais une grimace...Ça ira ?

- Je crois qu'on va s'en contenter...

CHAPITRE 16

Tel est pris qui croyait prendre !

- Bon Murphy, aujourd'hui on joue au Scrabble !

- Heu ... Je ne sais pas écrire.

- Pas grave, j'ai peut-être une chance de gagner comme ça.

- C'est un peu de la triche si tu veux mon avis mais je vais essayer de me débrouiller.

- Je croyais que tu ne savais pas écrire.

- Je compte sur ma bonne étoile, la chance et un soupçon de magie.

- Hé, interdiction de bouffer les lettres !

- Mais non ...Attention ...Abracadabra...Tadam !

- Pfff, t'as pas le droit de poser plusieurs mots à la fois !

- Tu chipotes, non ? Lis !

- FAI PAITAI LE BISCROK ...Ça compte pas, y'a des fautes.

- Mauvaise joueuse ! Tu pourrais saluer l'effort tout de même.

- Bon d'accord. T'as gagné ! Je ne joue plus !

- Vainqueur par forfait !!!! Gueufreugueufreu !

CHAPITRE 17

Le monstre vert.

Murphy en était certain, le monstre qui crachait se cachait. Pas plus tard qu'hier, il avait attaqué sa Môman en s'enroulant autour de ses jambes.

Elle l'avait malgré tout maîtrisé en l'empoignant par la tête.

Mais il en était sûr, la prochaine fois, sa Môman sera moins vigilante et le monstre lui crachera son venin en plein visage.

Alors mettant en action ses instincts de chasseur, il décida d'aller débusquer le monstre.

Il était conscient d'être le seul dans cette maison à avoir les crocs suffisamment pointus pour terrasser la bête.

Il n'était quand même pas trop fier, il avait vu à la télé un reportage sur un cousin proche du monstre qui hypnotisait un petit garçon en lui chantant « Aie confiance...crois en moi...fais un somme, sans méfiance...Aie confiance... »

Mais il n'était pas un petit garçon, il était un beaglou, un vrai de vrai !

Il se mit donc en chasse, et après des recherches intensives, il le trouva caché sous une caisse en plastique. Il avait l'air endormi, c'était le moment de tenter sa chance. Ni une ni deux, il attrapa le monstre ...

- Môman ?

- Oui Murphy ?

- Tu fais quoi ?

- Je raconte une histoire.

- Une aventure extraordinaire, j'espère ?

- Oui oui, je raconte ta chasse au monstre vert en forme de serpent.

- Mouais...On va encore se moquer je suppose.

- Détrompe-toi, tu es le champion des chasseurs de tuyau d'arrosage !

- Ben j'ai quand même eu sa peau non ?

- Il me semble en effet.

- Gueufreugueufreu !

Chapitre 18

Histoire sans paroles de Murphy

C'était hier matin, Murphy et moi partions pour la balade quotidienne. Ce matin-là, le monsieur d'un couple de septuagénaires attend debout devant le portail de sa maison. Il attend la camionnette de la boulangère.

Je le salue, comme chaque fois qu'il est là à attendre sa baguette de pain.

D'habitude, un petit York vient nous saluer avec un aboiement qui se veut féroce , enfin qui semble dire à Murphy « je suis le chef de la maison, attention à toi ».

Murphy n'est absolument pas impressionné devant ce colosse de 4 kg et ne montre aucune agressivité, se contente de passer le museau à travers les lames du portail en remuant la queue .

C'est ainsi chaque fois, le petit York aboie en reculant et Murphy remue la queue.

Ce matin-là, je salue donc ce monsieur en souriant et lui dit : « Elle n'est pas là aujourd'hui la petite terreur ? »

Et là, le monsieur me regarde et ses yeux se remplissent de larmes. Je comprends tout de suite.

Il m'explique avec des phrases saccadées …tumeur inopérable…état dégrade subitement…Ma femme et moi…décision….ne doit plus souffrir… J'essaye de trouver les mots, la peine m'envahit en voyant le monsieur essayant de retenir ses larmes.

J'arrive à lui dire dans un murmure : « je suis tellement désolée »

A ce moment-là, Murphy qui était assis à mes pieds , se lève et pose ses pattes avant sur le portail. Il fixe le monsieur. Celui-ci finit par regarder Murphy, il passe sa main au-dessus du portail et caresse la tête de mon chien.

Ils restent ainsi, dans un silence hors du temps, ce qui me semble un long moment. J'ai le sentiment d'être spectatrice de quelque chose d'unique.

Le monsieur, sans quitter Murphy du regard, lui adresse alors ces quelques mots :

« T'inquiète pas mon gamin, ça va aller » .

Murphy descend alors et me fait comprendre qu'on peut continuer la balade.

Je comprends alors, je crois que Murphy, mon chien, a ressenti la peine du monsieur et lui a dit avec les yeux ce que j'ai été incapable de dire avec les mots.

Je n'arrête pas d'y penser. Certains diront que c'est de la foutaise, que Murphy a juste trouvé une opportunité pour se faire caresser, peut-être, ou peut-être pas.

CHAPITRE 19

Tu dors ?

- Môman, tu dors ?

- Heu...Pas encore.

- Ah, tu veux dormir ?

- Pas forcément.

- Pourquoi t'es allongée alors ?

- Pour me reposer.

- Ah...Pourquoi tu veux te reposer ?

- Parce que je suis fatiguée.

- Pourquoi t'es fatiguée ?

- Bon Murphy, ça suffit les questions !

- Ok, ok tu veux mon nonosse ?

- Non merci.

- Je t'assure, c'est de bon cœur.

- Je sais mon Titi mais je te le laisse.

- Super, donc si tu me le laisses, tu peux mettre des Biscroks dans les trous ?

- Quand tu veux quelque chose, tu sais te faire comprendre.

- Ben, j'ai pas eu mon goûter.

- Depuis quand tu as un goûter ?

- Heu...Depuis aujourd'hui, je trouve ça sympa une petite collation avant les croquettes du soir.

- D'accord, juste pour aujourd'hui, mais je sens que je suis en train de me faire avoir, une fois pour un beaglou et ça devient une habitude.

- Gueufreugueufreu.

CHAPITRE 20

Changement d'heure !

- Hé Murphy, n'oublie pas, demain dans la nuit, on change d'heure.

- Pourquoi ?

- Alors, bonne question à laquelle je répondrai ultérieurement, mais dans la nuit de samedi à dimanche...Youpi ! tu vas dormir une heure de plus !

- Ben non, je ne peux pas, mon réveil est réglé à l'heure des croquettes.

- Tu ne peux pas changer l'heure de tes croquettes ?

- Les avancer, aucun problème mais les reculer, compliqué, je risque de tomber d'inanition.

- T'exagères un peu, non ? Et puis de toute façon, moi, je vais dormir une heure de plus !

- Ahahaha Môman, t'es drôle tu sais. Avec moi ? Dormir une heure de plus ? Ahahahaha.

- M'en fous, je fermerai la porte de la chambre !

- M'en fous, je sais ouvrir les portes !

- M'en fous, je la fermerai à clé !

- M'en fous, elle ne ferme pas à clé !

- Donc tu vas venir me souffler dans le nez de très bonne heure dimanche ...

- Je ne sais pas si ce sera de bonne heure mais ce sera l'heure des croquettes !

- Pfffff...Mouais mouais mouais ...

- Gueufreugueufreu !

Chapitre 21

La facture de moutarde

- Murphy? Murphy? Qu'est-ce qui se passe?

- Ahahahahhaaaaaaaa...

- Murphy? Dis-moi, tu as mal quelque part?

- Ahaaaa, je t'ai entendue...dire...à Pôpa...

- Qu'est-ce que j'ai dit?

- Ahhhhaaaaaaa, tu as dit, plus de croquettes, je fais une facture de moutarde...Ahahahh.

- Attends laisse-moi un instant pour la réflexion ...Facture de moutarde ...?????? ...J'y suis. Non mon Doudou, je t'assure tu ne fais pas un infarctus du myocarde.

- Mais ...Y'a plus de croquettes ...Ahaaa, je suis mouru!

- Non tu n'es pas mouru non plus.

- Si ...plus de croquettes ... Je t'assure je vais être mouru .

- C'est bon, je t'assure tu peux arrêter d'être mouru, tu auras des croquettes ce soir, Pôpa en ramène un ÉNORME sac .

- Heu ...Énorme comment?

- 12 Kg, ça te va?

- 12 Kg? Ça fait combien de « miam » en beaglou?

- Pffff...Des tonnes de « miam ».

- J'arrête d'être mouru alors?

- Tu peux.

- Gueufreugueufreu!

CHAPITRE 22

Le choix

- Môman ?

- Oui Murphy ?

- Tu as combien de photos de moi ?

- Ouh là ... À vue de nez, je dirais 2000 environ ? Mais à vrai dire j'en sais trop rien, pourquoi ?

- Dans toutes les photos que tu as de moi, fallait vraiment que tu choisisses celle-ci ?

- Je te trouve « craquinou ».

- Mouais, le mythe du beau gosse en prend un sacré coup dans les mirettes si tu veux mon avis.

- Tu sais de temps en temps, il faut remettre les pendules à l'heure.

- Ça t'a vraiment perturbé ce changement d'heure, tu as l'air fatigué.

- La faute à qui ? Hein ? Je te le demande ?

- Gueufreugueufreu !

Chapitre 23

Du pâté aux grandes oreilles

- Murphy, ça ne va pas ?

- Gueufreugueufreu.

- Tu réfléchis ? D'accord, mais à quoi ?

- Gueufreugueufreu.

- A ce qu'on a dit avec Pôpa ?

- Gueufreugueufreu ?

- Non, je ne me souviens plus. Au fait, tu fais la grève des paroles ?

- Gueufreugueufreu !!!???

- Non Google traduction ne fonctionne toujours pas avec les « Gueufreugueufreu », je te l'ai déjà dit.

- Gueufreugueufreu !

- Comment ça, et puis de toute façon tu boudes ?

- Gueufreugueufreu.

- Bon qu'est-ce qu'on a dit avec Pôpa pour te mettre dans cet état ?

- Gueufreugueufreu.

- Ça ? On plaisantait, mais tu sais nous réveiller chaque nuit à 5 heures pour jouer avec ton cochon qui fait « pouic-pouic », c'est fatiguant et ça fait dire de drôles de trucs.

- Gueufreugueufreu ?

- Si tu as le droit de jouer mais pas à 5 heures du matin.

- Gueufreugueufreu ?

- Je te jure mon Doudou, Pôpa et moi ne dirons plus qu'on fera du pâté avec tes oreilles si tu continues. Mais de ton coté, plus de « pouic » à 5 du mat', ok?

- D'accord Môman.

- Super mon Doudou! Et tu sais c'est drôlement mieux quand tu parles.

- Gueufreugueufreu!

CHAPITRE 24

A quoi tu rêves ?

Couché en boule sur sa couverture, Murphy dort.

Ses pattes font parfois des petits soubresauts, des petits cris s'échappent de sa gorge.

Il rêve.

A quoi rêves-tu mon Murphy ?

Rêves-tu de courses effrénées dans les champs ?

Rêves-tu à nos jeux, à mes câlins ?

Rêves-tu à moi ?

Je te regarde dormir et je me demande, sais-tu à quel point ta présence est rassurante pour moi ?

Sais-tu qu'elle comble les abysses créés par le départ des mes enfants ?

Sais-tu que la trace de tes pattes humides sur le carrelage n'est pas pour moi source d'ennui mais source de vie ?

Sais-tu que j'attends chacun de tes gestes, de tes pitreries comme un cadeau ?

Le cadeau ce n'est pas toi, mais la vie que tu m'offres.

Le cadeau c'est ton regard qui ne regarde que moi.

Le cadeau c'est la chaleur de ton corps lové contre le mien.

Le cadeau c'est cette extraordinaire faculté de ne me demander jamais plus que je ne peux te donner.

Que je pleure ou que je rie, que je sois patiente ou impatiente, que je sois triste ou gaie, calme ou en colère, tu es là. Parce que ta vie, c'est

105

moi.

Si tu savais mon Murphy, combien j'ai le cœur déchiré de voir tous les jours des gens qui ne prennent pas le temps, le temps de vous apprendre comment donner cet amour, et surtout, qui ne prennent pas le temps d'apprendre à le recevoir.

CHAPITRE 25

Comment Môman a commencé l'année

Son récit en six phases :

Phase 1 :

Passer une mauvaise nuit, avoir un sommeil agité...chaud, froid...froid, chaud.

Se lever avec la tête d'un hérisson sous acide qui se serait amusé à mettre ses pattes dans une prise électrique.

Phase 2 :

Être de mauvais poil mais avoir un chien qui s'en fiche éperdument, qui trépigne devant vous en lançant des petits bruits de gorge plaintifs parce que vous êtes en retard pour la balade.

Enfiler donc très rapidement le jogging plein de boue de la veille et la parka la plus proche de la porte d'entrée.

Oublier de ce fait un regard dans le miroir qui vous aurait crié « Pitié mets un bonnet » pour atténuer cette fameuse tête de hérisson sous acide.

Phase 3 :

Finir la balade en sueur. Une vérification de la météo vous aurait évité ce genre de déconvenue.

Faisait vraiment trop chaud pour la parka fourrée !

Rencontrer les forces de l'ordre qui, gentiment vous interrogent pour savoir si, par hasard, vous auriez entendu ou vu quelque chose cette nuit parce qu'un cambriolage avait eu lieu à 500 m de chez vous.

Phase 4 :

Répondre que vous êtes désolée mais rien vu, rien entendu.

Entendre à ce même moment le bruit d'une camionnette qui pétarade, être aux aguets comme votre chien qui, vous le savez, va se jeter sur la camionnette en lançant des grands « Whouhou »...

Phase 5 :

La camionnette arrive à votre hauteur. Vous l'aviez oublié un court instant, mais pas votre chien ....qui déboule, vous entourant avec la longe et lance effectivement des grands « n'importe quoi » de « Whouhou ».

Répondre à haute voix à son chien (par habitude) tout en regardant le gentil gendarme dans les yeux parce qu'il vous dit quelque chose.

Réaliser que votre « t'as raison mon Doudou, elle fait du bruit l'estafette » a été pris un court instant pour une réponse par le gentil Monsieur des forces de l'ordre.

Phase 6 :

Voir le regard ahuri puis le rire monter sur le visage du gendarme quand il comprend que cette phrase ne lui était pas destinée.

Vous liquéfier en réalisant le spectacle que vous venez d'offrir. Maudire la parka, le temps, la nuit, les camionnettes qui font du bruit et le beaglou par la même occasion !

Et puis se dire qu'au moins vous avez fait rire le gendarme qui a dû se précipiter vers son collègue en lui disant « Tu savais qu'il y avait une folle dans ce village, elle s'habille comme pour aller au pôle Nord, en plus elle parle à voix haute à son chien comme si il pouvait répondre. Et puis tu aurais vu sa tête, à mon avis elle a fumé la moquette et son chien en a pris pas mal dans les narines » !

CHAPITRE 26

Un truc

- Dis Môman , je peux te demander un truc ?

- Oui, je t'écoute.

- Heu, dis Môman je peux te demander un truc ?

- Je t'ai dit oui, alors je t'écoute.

- Attends …Oups, je crois que j'ai oublié la question. Ça a fait « Schbloum » dans ma tête …

- Bah, cela ne devait pas être important.

- Mouais, malgré tout je me demande si il n'y avait pas le mot « Biscrok » dans ma question.

- Ben, à vrai dire, y'a souvent les mots « gâteaux » ou « Biscrok » dans tes questions mais je vais répondre hypothétiquement : non, il n'est pas l'heure, si ta question était bien « je peux avoir mon goûter ? »

- Ok, mais du coup, j'ai les babines et la langue en état de choc ! Me dire « Biscrok » et « non » dans la même phrase, c'est une torture !

- Sois fort mon Doudou, plus que quelques heures à tenir.

- Je suis mouru Môman !

CHAPITRE 27

Le temps qui passe

Hier, avant-hier, il y a un an,

Tu te souviens?

Que fais-tu en ce moment?

Que feras-tu demain?

Je ne sais pas, je ne suis qu'un chien.

Je ferai ce que je fais tous les matins,

Je regarde le soleil se lever,

Et le soir je le regarde se coucher.

La peur du temps qui passe,

C'est un truc d'humains.

La peur de la ligne de vie qui se casse,

Les projette sur trop de lendemains.

J'ai chaque jour cette même envie,

D'aimer et être aimé,

Aucune pause, aucun répit,

À l'amour que je peux donner.

Et si les années blanchissent mon pelage,

Qu'est-ce que ça peut faire?

L'amour ne se mesure pas en âge,

Il est moi, il est toi, il est notre univers.

Il est le cœur qui me maintient en vie,

Il est le lien qui m'amène à l'accalmie.

Le temps qui passe, je n'en ai pas notion,

Les jours, les mois et les années,

Je ne sais pas les compter,

Ce que je sais faire, c'est trouver ton horizon,

C'est calquer mes pas sur les tiens,

Et avancer près de toi vers tes demains.

Chapitre 28

Lettre au Père Noël

Cher Père Noël,

Comme chaque année Père Noël, je te fais une lettre. Que pourrais-je te demander de plus, de moins ou de différent cette année ?

J'ai l'impression que le monde tourne à l'envers. Je n'en peux plus de voir ces images d'animaux et de chiens maltraités, abandonnés, martyrisés.

Elles circulent sur la toile et sont regardées des milliers, des millions de fois.

Y'a un truc que je ne comprends pas Père Noël, pourquoi ces milliers de gens qui mettent sous les images des petits bonhommes en colère, se contentent presque toujours de ça ? Pourquoi autant de personnes en colère n'agissent pas ?

Dis-moi Père Noël, je ne suis qu'un chien, un chien qui ne connaît pas la colère ou la haine, un chien qui n'a jamais eu à montrer ses crocs, qui n'a jamais eu à se battre pour survivre, un chien qui a cette chance inouïe de ne connaître que l'amour et la chaleur d'un foyer, alors dis-moi Père Noël, pourquoi le monde est comme ça ? Pourquoi la haine ? Pourquoi la souffrance ?

Alors Père Noël, toi qui as tous les pouvoirs un jour dans l'année, s'il te plaît, ce jour-là, chuchote à l'oreille des enfants, souffle à l'oreille des parents, dis-leur que nous avons un cœur et des sentiments, que nous ressentons la douleur et la peine, que notre seul but sur terre est de vous aimer.

Donne à tous ces gens le pouvoir de nous comprendre, le devoir de nous apprendre et le cœur pour nous aimer. Voilà Père Noël, je sais que c'est beaucoup, mais si peu à la fois.

Tu n'auras pas d'emballage à faire, ni d'objets à fabriquer, tu n'auras pas dans ta hotte des choses inutiles et encombrantes. L'amour ne pèse rien, il est aussi léger qu'une plume mais quand tu le reçois ou que tu le donnes, sa puissance est telle qu'elle fait briller ton cœur pour l'éternité.

Je t'embrasse Père Noël mais j'aimerais te dire une dernière chose : « S'il te plaît, ne passe pas à la maison pour moi le soir de Noël, je n'ai besoin de rien, j'ai tout ce qu'il faut, donne mon cadeau à un chien qui en a besoin ».

Murphy.

Chapitre 29

Frères et sœurs

- Dis Môman, est-ce que j'ai un frère dans la même catégorie que moi?

- Qu'est-ce que tu entends par « catégorie »?

- Ben, un frère de la même famille que moi!

- Je suis désolée mais qu'est-ce que tu entends par « même famille »?

- Pourquoi tu réponds à mes questions par d'autres questions?

- Parce que je ne sais pas ce que tu veux savoir! Si par catégorie tu veux dire espèce, alors oui tu as des tas et des tas de frères et sœurs. Si tu veux parler d'un frère né le même jour que toi, alors oui tu as un frère et trois sœurs... ou tu avais, malheureusement je ne sais pas.

- Donc de la même famille?

- Oui et non.

- Comprends pas!

- Ton frère et tes sœurs, ainsi que celle qui t'a mis au monde, ont été ta famille pendant plus de deux mois. Puis tu es arrivé dans cette maison et nous sommes devenus ta nouvelle famille.

- Pfff, c'est compliqué tout ça!

- Non pas tant que ça, parce que ta vraie famille est celle où tu te sens heureux. Le lien du sang, l'espèce, le genre, la catégorie, la couleur, on s'en fiche.

- Donc je pourrais avoir un frère ou une sœur chat? Lapin? Écureuil? Souris? Cheval? Chèvre? Mouton? Vache?

- Ben je dirais que dans l'absolu, rien n'est impossible.

- Cool ! Je peux avoir un frère lapin ?

- Même pas en rêve !

- Heu, même si on va habiter dans « labsolu » ?

- Murphy, ce n'est pas... Laisse tomber ! Pas de frère lapin !

- Pfff... Gueufreugueufreu !

Chapitre 30

Dans la même direction

- Ah mon Murphy, être là, avec toi à mes côtés, si tu savais comme cela me fait du bien. Et puis, là en ce moment, nous regardons dans la même direction, c'est fort non ?

- C'est-à-dire ?

- Je veux dire que l'on est ensemble, côte à côte et nos regards se portent comme dans une osmose parfaite, vers ce magnifique horizon.

- Mouais, mouais, mouais... Je vais peut-être un peu casser ton osmose machin truc mais, depuis tout à l'heure je cherche ce qui peut t'intriguer dans cette étendue d'eau pas bonne à boire.

- Au temps pour moi, tu n'as pas l'âme poétique aujourd'hui mais quand même nous deux, on va dans la même direction n'est-ce pas ?

- Heu …désolé Môman mais moi je ne mets pas une patte dans ce truc qui fait du bruit et qui mouille !

- Terre à terre le beaglou. Bon, on est ensemble et c'est cool ! Ça te va comme formulation ?

- Ben, avec qui d'autre voudrais-tu que je sois ?

- Laisse tomber ! Je voulais juste un peu de guimauve, de douceur, de tendresse, d'amour... M'enfin ! C'est pas compliqué !

- Pourquoi tu t'énerves ?

- Je ne m'énerve pas !

- Un peu quand même... Mais au fait, t'as parlé de guimauve ? Et ça, je veux bien que tu partages pour moi tout seul !

- J'aurais peut-être dû commencer par là.

- Par où ?

- Par ton estomac. J'aurais dû converser directement avec ton ventre.

- C'est certain que lui voudra bien reprendre de l'osmose d'horizon avec toi.

- Mais la véritable question est : est-ce que ton estomac sera assez grand pour mon « osmose d'horizon » comme tu dis ?

- Quelle question ! Évidemment qu'il assez grand, y'a pas de fond à un estomac de beagle ! Tu peux y mettre des croquettes, des Biscroks, de la guimauve et tout plein d'osmose d'horizon et tout ça en même temps ! Gueufreugueufreu !

CHAPITRE 31

Quatre petites pattes.

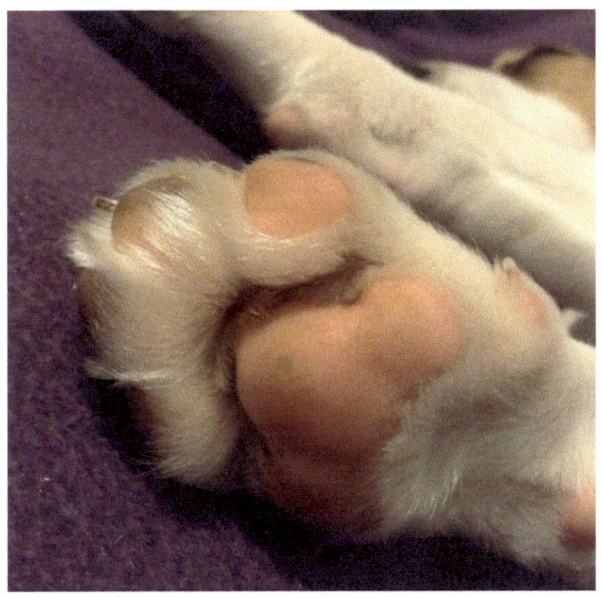

Il y a quatre ans, quatre petites pattes tout de rose vêtues s'étaient posées sur mon cœur.

Il y a quatre ans, quatre petites pattes tout de rose vêtues avaient chamboulé ma vie.

Il y a quatre ans, quatre petites pattes tout de rose vêtues me montraient un chemin.

Quatre petites pattes m'ont apporté l'amour que je pensais avoir perdu. Les quatre petites pattes ont bien grandi, elles ne sont plus roses, mais les quatre petites pattes devenues grandes sont toujours posées sur mon cœur.

Elles chamboulent toujours ma vie et m'irradient de bonheur.

Que le chemin que tu me montres mon Murphy, nous emmène très très loin.

FIN .

Remerciements

Ainsi s'achève le premier opus des conversations, et autres petites choses, entre mon chien et moi.

A tous mes ami(e)s dans la vie, ami(e)s sur la page, à tous ceux et celles avec qui je partage certaines de mes joies et de mes peines, à ma famille, je tenais à dire : MERCI !

Et puis, mentions spéciales pour Bibi, Loulou et Zouzoutte et leurs moitiés respectives, ces cinq-là... Saperlipopette ! Mon cœur déborde, ils sont ma vie.

Je n'oublie pas celui qui m'a permis d'oser, qui a écouté même quand je disais des conneries, j'espère qu'il se reconnaîtra.

Et puis, et puis... Gagache, Gros titi, Bagheera, Nouche, Titouche, Boudinette et Doudou, les anges « poilus » de ma vie.

A ces êtres je dis : Merci d'avoir été là quand j'ai eu l'impression que tout s'éloignait ou disparaissait, quand ma perception des choses était différente, quand j'errais dans le brouillard des émotions... Bref, quand je perdais pied. Merci d'être toujours là, dans ma vie, dans mon cœur ou dans mes souvenirs.

Sans vous, rien ne serait.

Table des matières

©2020, Marjorie COLLET-MAILLARD

Édition : BoD, Books On Demand, 12/14 rond-point des
Champs-Élysées, 70008 Paris

Impression : BoD, Books On Demand, Norderstedt, Allemagne

ISBN : 9782322180530

Dépôt Légal : Janvier 2021

Images, schéma, croquis : Marjorie COLLET-MAILLARD

Mise en page : COLLET David, avec LaTeX

Facebook : Dis-Moi Murphy

E-mail : marjorie.collet.maillard@gmail.com